JN187537

遺言書

柳生《やぎゅう》泡《ほう》舟《しゅう》

文芸社

はじめに

こないなけったいな表題の拙著《せっちょ》にお目を留めてもろうて、ほんまにありがとさんです。俗に虎は死んだら皮残すと言いまっしゃろ。せっかく両親が産んで下さったんやから、一つくらい何かを残しときたいですわ。

うちは香川県で生まれて関西で長う生活し、昭和五十一年十一月に、今の所に来てずっと生活してまんねん。アクセントの全て異なる所で生きてきましたによって、色々考えた末、今日まで関西弁で会話してますよってに、拙著もそのまま書いてみました。関西弁は物腰が柔らかいので、読みやすいとか聞きやすいとか言われますよってに。関西弁に馴染みのあらへん方もぎょうさんいてはると思います。えらいすんまへん。

実はうち、交通事故に遭ったんですわ。が、幸い三十数年して、歯は上下共に殆ど失うて、歯を支える骨も無《の》うなってまんねんけど、それ以外の後遺症は全くあらしまへん。ここまで助けて下さった神様・仏様、当時の医師・看護師・介添人（故人多し）、全ての方々への謝意を拙著にしておきたかったんですわ。

どないな人だったかて、逃れられへん、つらい道――死。「三途の川」とか「遺言書」と書いてまんねんけど、問題は、死を迎える前段階、死を迎えるまでの闘病が苦しいねん。「年寄り笑うな我が行く道や」。どうせ生きんなら、後悔せえへん生き方を願うて書いてまんねん。

死は、色々な形があんねんけど、病気が一番多いやん。しかも少子高齢化を考えると、病院はぎょうさん作られへんから、自宅療養もあんねん。辛いで。天使のような看護師さんの介護の中での治療なら安心なれど、独身・身内なしの自宅療養で、病気の進行と孤独に恐怖し、泣き泣き耐えながら死を一人で待っとる人もいてんねん。

どないな形やったかて、死を迎えんならんのやが、極力こないな、淋しい死に方は嫌でっせと思うんやったら、今から少しでもよき死に方をするために、人様に喜んでもらえるような言動という種蒔こうや。低い心で三つの使うたらあかん心をほかしてもうて、生きようや。この拙著を読まはる全ての方々のご多幸を祈念してまっせ。出版の本心はこれだけでんねん。本を販売することに目的置いてまへんで。

人には人それぞれの人生があって、人の数だけの人生体験がありまんねん。誰だったかて、一秒先の命のある保証なんてあらへん。後悔せんこと、一秒一秒をよう考えて生きていかなあかん。

この拙著は、こないなアホ人間が、今後この世ん中に出て来てもらいとうないよってに書き留めたもんや。そして、大人の童話として有名な『かもめのジョナサン』の作者が伝えたかったたであろう、人生をより美しく、強く、賢く、悔いなく全うし、与えられた時間と命を大切にしてほしいんですわ。特に若い人は時間を大切にしてほしいよってに早うこの拙著読んでほしいねん。

今にして思うねんけど、今という時間は、もう二度と返ってきぃへん、あたり前田のクラッカー。
日本では、地球の自転速度が時速にすると千三百七十二キロメートルという話を聞いたことあんねん（緯度で相違ありまっせ）。時間のムダ使いは命のムダ使いと言いまんな。命のムダ使いしはる人は全てにおいてムダ使いしてはるかも知れませんで。時間（命）大切に使うてや。

最後に、この拙著は一人の人間の体験ですよって、全てこれに当てはまるちゅうことはおまへん、予めご了承してや。うちの体験として読んでほしいんですわ。

尚、本題に入って、守護霊としてうちの祖母が出てきまんねんけど、明治二十一年生まれやったが、うちんところの家は代々西本願寺浄土真宗の門徒で、別に信心に熱心ちゅう感じの人ではおまへんでした。予めお断りしときまっせ。

遺言書 ——◇目次

第一部

三途の川

交通事故で死線をさまよう

昭和五十三年二月二十七日未明、岡山県笠岡市大宜《おおぎ》の国道2号線上で、うちは交通事故に遭いましたんや。相手は6トンの保冷車、うちは65ccのバタ（バイク）。正面衝突という絶体絶命の状況だったが、幸い加害者の判断がよく、救急車がすぐにやってきて広島県の病院に緊急入院して救命処置をしてくれたことに加えて、病院での治療も完璧だったので、二カ月後の四月三十日に退院することができたんや。

翌年の四月、事故処理してくれはった笠岡署に行って、お礼と報告を兼ねて挨拶した時、事故現場の写真等を見てびっくり。ようこないな事故を起こして生きてるなと不思議でしゃあなかった。あらためて命を与えて下さった神様仏様はじめ、事故に関わり対処してくれはった全ての人々に心より謝意を伝えたいですわ。おかげさんで、あれから三十数年、輸血もしていただいてまんねんが、歯の欠損を除いた後遺症は全くあらしまへん。輸血いただいてて肝機能は全く問題おまへんでした。

ただ事故におうてるうちは、事故のことを知ってか知らいでか、先生が必死で治療して下さってるのに、ひたすら寝てんねん。堪忍してや。

実はうちは初めて三途の川を見てきましたで。三途の川の話は聞いたことはあんねんけど、それがどないなもんか知らへんねん。

ありまっせ、三途の川は。ウソ？　いや、あんねん。今生きてはる皆さん全員、昔はその三途の川を見てるし、渡ってるでえ。泳いでるで。

三途の川の川って、自分自身の故郷を流れてる川や。複数の川があったら川幅の一番おっきょい（大きい）川や。

今時の科学者はな、マスメディアの報道を見るとわからはるやろけど、必ず証拠出せって言い張りまんねん。

この世ん中、全部科学の力で立証されてるかな？　現実にあってもなかなか立証に至らん話もありまっしゃろ。

春、若いつばめが南方から帰郷する。巣は自分自身が生まれた家の軒下で作るか、新築、改築された時は近くの家に移って産卵してる。

鮭も同じ。四年の歳月をかけて亡き三波春夫さんの歌やないけど、四年たったらまた会いましょうと、自分の生まれた川に戻って産卵する。

川の入口に町名も川の名前も表記してへん、そやけど帰ってくんねん。不思議やで。魚は字書いてあったかて読めへんな（笑）。

最近ではアホウドリの産卵も、自分が生まれた鳥島が浸食されているから、近くの聟島《むこじま》に卵を移すと、最初はミスしても新しい産卵の島を棲家《すみか》にして子育てをする。けっして阿呆ではない鳥や。

いっとき、トキの復活で話題になった佐渡島。そこで生まれて本土に渡るのもいてるみたいやが、ほとんどが佐渡に住み、せいだい（精一杯）繁殖に励んでる。新潟の瓢湖の白鳥は産卵後、越冬してシベリアに渡り、宮城の伊豆沼の白鳥は伊豆沼で産卵、繁殖してシベリアへ。海亀も同じやで。産まれた所で産卵して、海に帰る。鹿児島の出水《いずみ》平野のなべ鶴の飛来も同じじゃ。

一つの例で書いたんやが、鳥であれ魚であれ、産卵場所をどないして卵の時に覚えられるのか、科学では立証されへんけど、現実ではありうる話。あんじょうでけてるわ。不思議や。

卵って魂の宿った状態や。あえてこないな話を書いたんは、人間も鳥や魚と同じように、どないな所で命を終えようと、魂は故郷に必ず戻るっちゅうことを話しておきたいんや。魂って、どこでこないな情報を持ってんのやろ。

でもな、これで世ん中の生態系があんじょう守られてんねん。神様仏様や自然界の力の偉大さをあらためて教わりまっせ。

あの世の景色

では、うちの見たあの世の報告や。

うちの見た三途の川とは、故郷の香川県観音寺市《かんおんじし》柞田町《くにたちょう》を流れてる柞田川の河口でしたわ。左側には瀬戸内海がありまんねん。

どないな情景だったかというと、その柞田川の河川敷でうちが北を向いて一人立ってんねん。

よう見ると対岸には昭和四十六年に亡《の》うなった、最愛の祖母が故郷の山の七宝山《しっぽうざん》を背にして立ってんねん。思わず「ばあちゃん、なんでそこにいてんねん？」と尋ねたら、ばあちゃんは、

「とっさん（うちのこと）、川ん中に入ったらあかん。そこにおりや」ちゅうて、うちのそばに来てくれて、三途の川を渡った後の情景を見せてやるっちゅうて姿を消したんや。

しばらくすると、三途の川の向こう岸にばあちゃんがまた現れ、「仲よしの従《い》姉《と》妹《こ》の玲子ちゃんや、ふた従姉妹の利子ちゃんとも会えるし、私（祖母）とも会える」と言ってくれましたで。「来世、また会おな」と言うて。百メートル先の人間の顔が見えて会話でけてんねん。現世では絶対にあらへんことが、あの世ではあんねん。現実社会では考えられへんけど、三途の川の向こう側をどないな方法かさっぱりわからへんが見せてもらいましたわ。

ちなみにこの杵田川の河口の川幅は百メートルはありまっしゃろ。今、北を向いて立ってたと書きましたやろ。川は上流から下流に流れて海に入りますな。方角の話ですわ。杵田川は東から西に流れてまんねん。

北を向いて立ってるちゅうことは、南は視界に入らへんから、南はないで南無。お釈迦様の入寂も北枕で西向きとありますな。北を極めると北極になりますな。この時初めて「南無」の意味を知りましたで。

つまり魂は故郷に戻って、一回は北帰行するちゅうことや。対岸の守護霊は自分の直系親族で、自分の性格の合うてはる父親または母親が守護霊となって、川を渡るか否かの指示してくれんねん。今回の時は、両親存命だったので祖母が守護霊になってまんねん。

少し話は変わんねんけど、童話の中にかぐや姫の話ありまっしゃろ。大塚家具の社長令嬢ちゃいまっせ。あの童話本のさし絵を見てほしい。お月さんに向こうて姫が歩いていく。

実は月が北極星ですねん。北極星って地球から四百三十光年も離れた星。不動の真白なキズ一つない美しい磁気に覆われた星ですな。

で、どうやって行くのか？ 世間では、地獄極楽の道の話、聞いたことありまっしゃろ。

もちろん北極まで、完全舗装の外灯のある道が実在はせえへんけど、一本の道の左側通行が浄土道《みち》で右側が地獄道になってまっせ。日本の車道はうまいことなってまんな、左側通行や。

浄土道は神社仏閣などで境内に敷き詰められてる、あの玉砂利の小さな石道のこと。目の前の白い北極星に向かって素足で歩くと、とっても気持ち良いでっせ。玉砂利で魂の汚れを取れっちゅうことや。

太陽が没しはじめ、西陽《にしび》を浴びながらその道の左側を行くと、黄色く輝く夕日の明るさが、まるで外灯みたいに足元を明るうしてくれんねん。これが黄泉《よみ》の世界や。

この時の光景やが、左から没していく太陽、そのすぐ横は黄色の菜の花の咲く玉砂利の道やった。そやから足元がめちゃんこ明るかったんは覚えてまんねん。

ただ現世《いま》風に言うたら、夜中の道を歩くんとよう似てるよってに、色合いとして、モノクロでもなくて、カラーに近い感じやったなあ。

これがうちの体験で、右側は青森の恐山《おそれざん》の情景で目にする、石山の断崖の道をロッククライミングしながら北極星に行きまんねん。

なぜかわからへんが、右側の道には全て光が届けへんねん。

なんでこんな道を通って北極星に行くのか？　北極星に行きながら、さらに魂を浄化して、あらためて地球の自分自身の故郷に帰って来んねん。汚れた魂は寄せ付けんということや。

民法では六親等までは身内、親族関係として扱うけど、来世も今の現世で関わってる身内と立場や場所、年齢の上下等で相違はあっても、必ず再会しまっせ。うちが守護霊の祖母との会話と、ふた従姉妹の名前出したるよってにこれでわかりますわ。六親等までが身内ならば、七親等からが他人や。

よって身内、姻族関係は、今現在どないな感情の状況にあれども、今から仲良うやっとくと、来世は親族関係は安泰や。

　ところで北極星探すのんに、北斗七星から見つける方法もありまんな。七って不思議やな。日曜から始まって土曜で終えて再び日曜になんのはあたり前田のクラッカー。初七日、お七夜、ラッキーセブン。漢字の中にも切るという字の左には、七がついたるで。「切る」という漢字の左にも「七」ありまっせ。

川の流れ

さて、三途の川の話を書いた時、なんで川なんやろかと疑問起きんやったかいな。川の中には何があんねん。

そう、水が流れてんねん。「水」ちゅう漢字、よう見なはれ。亅を左と右に分けたるやろ。相撲で制限時間越えたら、水入りや。四季の移り変わりの時って、雨の時期あるやろ。梅雨も一つの例や。

神社仏閣行ってみなはれ。必ず手洗う所あるやろ。あれはなんのためにあんのかわかりまっか。清めは当然やが、現世とお詣りしてる所は別、つまり聖域やで、というのんを伝えてんの。

ちなみにな、神社には鳥居あるやろ。あれはね、子宮を意味してんねん。体は生まれ変わりはでけへんけど、心はコロコロ変えられるよってに、生まれ変わりや、との意味なの。神社の門や看板ちゃうで。初詣って心の生まれ変わりをするために行くのや。行けへん人（病床の方は除く）は高慢な人や。改心なくして前進なしや。現状維持、つまり今のままでええという考えの人や。進歩あらへんで。

三途の川の中に入ることで、今世とあの世との区切りをつけてんねん。例えば死に水をとるのもそう。

またお墓詣りして、お墓に水かけまっしゃろ。墓石をきれいにするのはあたり前田のクラッカーやが、故人の魂を洗い清めて成仏を促すこと、現世とあの世との区切りを伝えてんねん。

亡《の》うなる話ばっかりでもないねんで。やや児生まれたら産湯で体洗いまっしゃろ。もちろん、やや児の体をきれいにせんならんのやが、この他に、前世と今世との区切りちゅうこともあんねん。

ここでも産湯っちゅう水使うてまっせ。生まれてじきに亡うなっても、「水」使いまんねん。

朝起きて猫と一緒に洗顔。料理すると、魚や野菜は水で洗うて、不要な物ほかしては水流す。トイレに行って、ババ（汚物）たれたら水流す。歯磨いて水流す。外から帰って手洗う。足は洗わんかてええけどな。便器に水あんのはにおいを消すためで、水はってなかったら臭《くさ》いで。

要は、水って次のアクション起こすその前に使うてんねん。


では、三途の川って何？

人間生きてくのには食わなあかん。けど使うたらあかん心、これを故郷の川に流して、あらためて魂の浄化を行うて、再び、戻《も》んて来いという意味を、当時の守護霊やった祖母が教えてくれましたわ。

その心は、欲、高慢、ウソ、この三つや。

テレビ等で犯罪の報道があんねんけど、悪さする者《もん》はこの三つの心を使うてへんやろか？　戦争もちゃうかいな。

この三つの心をほかしてみ。争いごとは全て無《の》うなんねん。どないな人間やったかて、有限の命の中で生かせてもろてんねん。

地球ができて何年かな？　人の命って何年かな？　比べてみぃ。

うちは宗教家ではあらへんから誤解してほしゅうないねんけど、世界中の全ての人々に和心があったらええのや。

奈良時代に憲法十七条の制定がありましたな。聖徳太子さんが制定しはりましたな。あの第一条は「和を以って尊しとなす」とありますな。和心をもって浄土を考えてはったんやろか？

わずか五日間のあの世の旅。

でも宗教に全く無縁の者があの世を見て、守護霊の祖母から教わった「和」を大切に生きようと教えてくれはりましたで。

動物の世界やと、生きなあかんし、生活保護もあらへん。食える保証もあらへんし、生命保険もあらへん。おまけに年金もあらへんから、一秒一秒生きるために精一杯生きてんねん。弱肉強食や。それはしゃあないねんけど、でもうちらは人間やん。殺し合うのが動物の世界や。生きなあかんよってに。

助け合うて、感謝し合うて、支え合うて、話し合うて、つながり合うて、知恵を出し合うて、最善策を考え合えたらええのとちゃう？　生まれたやや児でもわかるで。それで笑顔になれんねん。

人間一番不安になり孤独になんのは、死刑執行日と、病気の手術日かいな。どない偉い人でもお医者さんでも、病気の不安あって、いつか自分もそないな日が必ず来んねん。

相手様大切を常として、ともに感謝し、人生《じんせい》は尽誠《じんせい》であり、それが最高最良の和とちゃいまっしゃろか？　そしてご恩奉じでけたら。

ところで、魂って目も耳も口もあらへんのに、脳みそもノーなのに、なんであの世のことが記憶されるんやろ。数十年たったかて、寸分狂わず覚えてんねん。魂ってなんやろ？　うち自身今もこの状況は覚えてんねん。不思議や、不思議や。ホンマに、魂の動きってめちゃんこ速いわ。

地上で空を見ると青空。死んだら一気に青空の上まで魂は昇りますわ。うちが事故におうて入院加療中に、義姉二人が実家で会話してる姿を見て、うちの魂は急降下。「なんであの子は、バタで笠岡を走っとったんやろ？」という会話を聞いたから降りたんや。

事故から五年後、当時、私の取引先の社長のお母様の紹介で知り合った奈良県吉野郡にある大峯山《おおみねさん》で修行されていた修験者の先生に、この拙著の内容を話したら、無言で目をつぶらはって数分。そして目を開いて開口一番、「見た通り、聞いた通りで相違あらへん。肉体は有限やが、魂はケガも病気もせえへんから、不滅の生きもんや。書き留めて誰かにこの貴重な体験伝えといたら」と助言おましたので書いとりますわ。

皆さん方は法事命日をされると思いまんねんけど、寒い日の夜、いささか辛いけど外に出て、北極星に向こうて手を振って、故人の名前を呼んで「早う帰って来てやっ」ちゅうてほしいんや。肉体は無《の》うなったかて、魂《たましい》は生きてまっせ。

故人の立場になってみい。遺族全員が和心大切で、皆それぞれがあんじょう生活してたら安心するやろ。後ろ髪を引かれんかったら、故人は安心して北極星に行けまっせ。これがホンマの最良のご供養や。忘れんといてや。故人の冥福は、遺族が故人が心配せんかてええように毎日和心もって生活して与えられんねん。故人泣かして財産作れとか、名誉、地位作れって言わへん。故人の成仏に足引っぱったらあかんで。

それとな、春と秋に彼岸ってありまんな。「岸」って漢字入ったるやろ。岸っちゅうことは何があんねん。川があんのやろ。

知らず知らずの間に、三途の川とは全く無縁ではない岸という文字を使てんねん。彼岸ちゅうたら彼方《かなた》の岸、つまりあの世っちゅうことや。お供えに花をお墓に持って行くんやったら、黄色を勧めますわ。真っ暗な外灯のあらへん道を一人歩くとしまっせ。でも道端に黄色い花が植わってあったら、意外に足元は明るう感じますわ。これが月夜ならさらにようわかんねん。トンネルの中の照明を昔は白色やったが、今は黄色のナトリウム灯にしてますな。どっちが明るいかな？

故人の成仏の一助にするためにも黄色の花を供えてあげて。お墓では右側、仏壇の場合は向こうて右や。黒に対応する明るい色は黄色やで。

仏教では戒名付けまんな、これは現世とは別になりましたでということを故人に伝えるもんや。大事やで。向かって左側を明るうすると南から向かって左側は西になるよってに、西方浄土となんねん。

欲ほかしやと三途の川のところで書いてんねんけど、現世で精一杯頑張って、事業等で大成功して資産がぎょうさんでけたかて、貧乏人のひがみやと嘲笑されるかも知れへんけど、自分自身が作らはった財産は自分が動ける時しか使われへんねん。棺桶に入って、ここは密室やっちゅうて、貯めたゼゼコをニンマリ笑いながら使えんの？　土地建物も入れられるの？

遺族にとって、「生前、故人さんにはようしてもろたわ」って言われてみ。めちゃんこ嬉しいやん。これでも故人さん自身の成仏が早まんねん。欲は早いとこほかしや。

これはうちの体験やが、高校卒業の頃、父がうちに「何も遺してやれるもんあらへん、相続するもんはあらへんが……でも、お父ちゃんは民生委員を長うさせてもろて喜んでくれはった人もいてる。しいて言うならば、これがお父ちゃんからの相続財産と考えとけな」と話してくれましたな。確かに相続でける資産や金品はあらへんやったが、どれほど多くの人々に助けてもろたやろ。金品には替えられへん相続財産をもろうたと思っとりまっせ。お父ちゃん、おおきに。

三途の川で、ほかさんならん心の中に「ウソ」がありまっしゃろ。ウソの反対は正直や。地球の自転、季節の訪れ、自然の営み、見なはれ。寸分狂うてへんやろ。天は正直やで。

輪廻転生

魂は北極星に行ってから、後年、また帰って来るっちゅうて書いたんやが、南無という拝み方でご先祖様を供養されんのであったら、お位牌《いはい》の裏面が北に向くようにおまつりされることや。

神式でのおまつりの場合は、お社《やしろ》の背面が北に向いたらええのや。神式の人だったかて、魂の行く所は同じやで。拝んではる人は、南を背にして北向いて拝めるやろ。

これはお墓も同じや。家建てんのには道路の関係もあるし難しいけど、極力北に北にと魂が進めるよう拝んで、力をつけてあげることやで。

仏間を作らはる時、参考にしてや。

それから魂の輪廻転生に関して付け加えがありまんねん。今は個人情報保護法もあって戸籍謄本の入手に難しさがあんねんけど、自分自身の家系図作らはったらええねん。

うちの家は、うちが中学二年の時に、本家のおっちゃんと夏休みに家系図作ったことあんねんけど、一般的には、男系と女系、及び男女同数に近い家族構成がありますな。

書いたるうちの家系は、兄弟が男八人女０人。八代前から調べると六対四で男が多い。自分とこの親族みたら、女の所は女の子が、男の所は男の子が生まれて、なんでかいなって考えさせられるが、そんな所の家系図みたら、先祖から変わってへんのがわかんねん。

それを証明するには、幾何学の背理法《はいりほう》になんねんけど、魂自体誰の目にも見えんよってに、証明方法には限界あり、堪忍してほしいでんな。

家族構成等の変化で昔とは様変わりしてんねんけど、昔はどこかの家でやや児の出産があった時、その親族を知る人は、あっ、この児、昔のどこどこの誰かはんによう似てるなあという会話聞いたことおまへんか？

生まれたやや児の親族を示すっちゅうことはね、人間は生まれ変わるちゅうことではないかいな。

また、妊婦が病死や事故死すると、胎児はかわいそうやで。

ただ、ご先祖はんの立場になってひと言だけ言うとかなあかんことありまんねん。うちが五日間あの世に行ってて、やはり残った遺族ちゅうもんは気にはなるなる法隆寺でんねん。

子孫の繁栄は亡《の》うなった人、皆願うんとちゃいまっしゃろか？

が、今時、よう似た家もぎょうさんあるし、全員集合住宅もあって、あの世から下界を見た時、表札が出てへん家がぎょうさんあって、あの世から探すんがしんどいんですわ。先祖の立場で加勢したいねんけど、表札のうて加勢でけへんこともあんねん。

一軒で二つ三つの苗字の家もあんねんけど、先祖はん大事やと心から思うんやったら、表札出してててや。これで先祖はんと遺族との仲に「和」が生まれんのとちゃうの？　苗字はな、先祖はんからのプレゼントやで。

これは余談やが、昨今の報道の中で、リサイクルって聞きまんな。昔の人って偉いと思いまっせ。例えば、野菜の屑《くず》、貝殻《かいがら》、ゴミ燃やしたらでける灰等、貝殻は水の浄化のために川にほかして飲料用に使うたり、灰や屑は肥料にすべく土に埋めてましたな。うちなりの考え方やが、これも輪廻転生ちゃうやろか？

三途の川の渡りそこね

三途の川を渡らんで、即あの世に逝《い》く時、つまり遭難死、水死、地震や津波死、突発的に背後から刺されての急死、交通事故死や、中には自殺も含めて、こないな亡《の》うなる場合は、本人自身も死がわからんままであの世に逝ってんねん。

昭和四十七年八月半ばやったか、上司と遊びに行った京都タワーの展望室でアイスクリームを食べたんが、夜七時三十分頃やった。室温がカウンターで三十度。それから比叡山延暦寺の登山道をクーラーのない軽自動車で上り、窓全開で根本中堂まで行った時、上り下りともにものすごく寒うなった。冷《ひ》えいい山？

無神論者の上司が言った、信長の焼打ちの怨霊の話はそのまま受け入れようと考えましたな。

交通事故で気の毒にも亡《の》うならはることあんねん。花が供わってるのを見ることあんねん。同じ所で事故多発するやろ。霊が呼んでんねん。供養してあげてや。あえて、これは言うときまっせ。

自殺はしたらあかんで。肉体は後日焼かれてもうても、魂はいつの日にか、また新しいべべ（肉体）借りて生まれてくんねん。どないな状況で再び生まれてこれるのか考えときや。末世必ず不幸やで。

誰だったかて苦しい辛い日はあんねん。

でもな、今日《きょうび》ありがたいことに、相談でける所ぎょうさん増えてきてるやん。話したら、ええ知恵あるかも知れへん。一人で悩みなや。

生んでくれはって育ててくれはったご両親や家族も辛いで。

第二部

遺言編

遺言を書くにあたり

この拙著に書いてます内容は、うちの実家にいてた時から社会人になって働いている時、体験、見聞していた事柄の中で、特に心に沁みたもんをノートにしていた実話を基にしてまんねん。あくまで自戒が主な目的でんねん。

皆様方の将来のお役に立てれば幸いです。教訓、遺訓として……。

子供に伝えたいこと

子供はんを持たれる親御さんのなかで、育て方等に百パーセント自信持ってはる方はどれほどいてはりまっしゃろか？

うちにもお父《と》んと言うてくれる、息子と娘一人ずついてまんねん。ええ歳こいてる人間に、今さら躾めいた教育なんてでけへん。うち自身がそないなこと言える立場とは思うてしまへん。

よってうちの子供二人に対して言いたいことや伝えたい事柄を、この拙著にしたためただけでっせ。この父の半生と謝罪を込めてまんねん。勘忍してや。

根底にあんのは、こないなほっこたれ（馬鹿）親になりなやということですな。

うちの人生の中で、失敗の一つに、固執して人様の助言を聞かなんだことあんねん。これを子供に伝えたい。結論出すんは本人さんやが、一つの事柄に執着してはると、次の道開かへんで。

例えばや、両手に十円玉持って握ってみい。千円札やろうかって言われてみても、手のひら開かんと千円札取れへんやろ。

人生、色々な助言いただくことあんねんけど、心は白紙にしてよう聞いときや。自分のために言うてくれんのやから、相手はんの真心を一粒万倍で受け取ってあげてや。共に人生ふくらむで。

相続

昨今テレビつけると、法律問題番組が面白うしてはりますな。法律っちゅうもんは、人間がこさえたもんやが、その受け取り方や解釈は皆バラバラや。民法上、五通りの解釈があんねん。

例えば国語の時間に感想文、書かはった経験は皆さん持ってはると思うねん。でも、十人いてたら十人感じ方ちゃいますな。年齢や性別、まあ育ち方、考え方も顔がちゃうように、それぞれちゃう。双子でも同じや。

感想文でこれやから、法律となったらもっと変わりまっせ。地方裁判所での判決に不服があって高等裁判所に控訴したら、全く別の判決になることもある。さらに、まれに最高裁判所に行く時もありまんな。

何かの病気で病院へ行って、医師の診断や治療法に納得でけない場合は、別の病院でセカンドオピニオンを受診という方法もありまんな。

解釈や方法、考え方など一つ一つ違うもんや。

さて、うちは太田胃散という製薬会社の子供ではないねんけど、遺産の話を最近よく耳にするようになりましたな。

相続の対象になんのは、目に見える有形の資産だけでなく、債権や目に見えへん権利もあんねんけど、なんで形のある物に目を奪われて相続問題起こすんやろか。遺産をぎょうさん取ったら遺産過多やで。もめまっせ。

色即是空っちゅう言葉があんねんけど、有形の物は、いつか必ず無《の》うなんねん。

兄弟はそれぞれが結婚すると、よそから人がやって来て、親族が作られんねんけど、いくら親子や兄弟姉妹でも考え方は違うで。ましてや他人が付いたらなおのことや。そこへ親族間にいろいろあって、ひょっとしたらトラブル起こしていたかも知れへん。

遺産を残す者にすると、残された者同士が仲良うやってくれることを願うてると思う。それも成仏の手助けになってるはずや。

さいぜん（少し前）、ちょっと書いたけど、有形の資産は色即是空で必ず無《の》うなることを思い、全く考えのつかへんものを残したい。まあ貧乏人やから何も残すもんあらへんちゅうひがみかいな。

それはな、昨今、本屋さん等で自分史の本が売ってはる。今までの生き方を書き留めることやろが、これはホンマに大事なことや。

本当に大切な相続財産はな、目に見えへんもんやで。後からまたこの話出てくるで……。

悔いなく生きる

出棺の時、棺桶にしがみついて泣いてはる光景をよう見んねん。こんな人にひとこと言いたいのは、故人にならはった人に対して、生前から日々誠を尽してはんのやったら一切の後悔もないはずやから、泣く必要はあらへんはずや。こないなことされたら成仏でけまへんで。

うちは母親が亡《の》うなった時、付き合いに一切悔いあらへんかったから、出棺や火葬の時も泣けへんかった。

家族や親族に限らず、会社関係や友人知人、ご近所等、遠近《おちこち》の誰に対しても誠を尽しときなはれ。来世に嬉しい再会するためにも。

さて本題や。

故人になる前の元気なうちに、自分の人生を通して学んださまざまな出来事を書き留めておくんや。誰だったかて死んでもうたら、携帯電話もスマホもパソコンでも故人との交信はでけへん。

そして本家、宗家の立場の方は、そんな故人の書き留めた物を大切に保存しといて、法事や年祭等で故人を偲ぶ時、食事の席で読むのも見るのも一つの方法。故人の考え方をそれぞれの今後の人生の羅針盤にすると、故人も浮かばれるし、聞く立場の者も嬉しいもんや。ご供養の方法の一つや。ご先祖様をダシにしての食事会にはせんといてや。

ただし、正直に失敗談も書くのやで。そしてその失敗談を正直に披瀝したら、どんなに役に立つやろう。

故人の失敗談を笑うたらあかん。故人に失礼や。笑う者には、立派な人生通らはったん？　ってうちは聞きたい。

こないなアホ人間、ホッコタレ人間になったらあかん。

加古《かこ》は兵庫県にある地名やけど、この過去は、永久に帰ってきぃへんから、日々慎重に有効に使うて、明治三十二年一月十九日に没した幕末の英雄、勝海舟のように、「これでおしまい」と言って七十六年の生涯を終え旅立てるような人生を送ってほしいねん。悔い残しなや。うちの夢でんねん。

うちの好きな言葉に「一日生涯」があんねん。朝、おはようさんが生まれた時で、布団《ふとん》に入った時が亡《の》うなる時という考え方や。

日中、一秒も粗末にせんよう、よう考えて時間を使うことやで。

ちなみにな、一日は二十四時間、一年はおおよそ三百六十五日として八千七百六十時間、八十年生きるとして七十万八百時間でっせ。

健康

人に対して払いとうないもんは、罰金と医者代やってよう言うてきましたな。それも歯医者さんの前で。笑いながらおんかれた（怒られた）。学生時代は学校内で身体検査があるよってに、ある面では安心やが。社会人になったらなかなか健康診断受けへんねん。

理由は簡単や。時間がないか、検診受けた結果の話に恐怖心が働くんや。健診受けて、病気見つかったとのことで早期やったら幸いやけど、健診に対しては猫また、つまり猫でもまたいで避けてると、おっきょいツケが来て手遅れとなんねん。

健診で疑問符がつくと、検査、検査、また検査で、入院代よりも高い医療費、交通費に時間を使うて、そのうえ入院しようもんやったら、サラリーマンならば休めても、自営業者ともなるとどれほどの人々に負担と迷惑をかけるやろ。

家族大切、仕事大切、取引先等全て大事やったら、加齢とともに体は必ずガタが来んねんから、年に二回くらいの健診を受ける慎重さはあってもええのとちゃうかな。

生命保険で給付金なんぼ貰うたかて、健康を失う痛手のほうが大きいで。俗に命あっての物種やで。男性の体にメス入れて、傷跡残しとうないで。

罰金のほうは交通違反や。青切符切られて、自分のほうが顔、青うなんのや。

後で健診を受けとったら良かったちゅう言い訳すんなや。万事言い訳する人間は、高慢な人間の言動や。正直で誠心あれば、言い訳は一切おまへんで。

人間生きてて、どこにいたかて一番の楽しみって何やろ? うちは、うまいもん食えるこっちゃと思うで。

月に最低一回は歯医者さん（まわしもんでも褌《ふんどし》もんでもないで）に行って、歯石取りの健診受けときや。全ての健康の源やで。食べな生きられへんよってに。健康維持のためのサプリメントをサボリメントにせんようさぼらずにのみ、適度に運動しなはれや。健康のための投資は惜しまんほうがええと思うで。

余談やが、人間生きていくには食わなあかん。医食同源ちゅう言葉がありまんな。よう噛むことで健康保持に寄与して病気予防になりまんな。歯は大事にしいや。摂食したら、すぐ歯磨きや。

事故前まで失歯が殆どなかったから、今、歯をなくして辛いんですわ。

親も大人も子供の師範になれ

実に情けない反省を先に書かなあかん。どうしてこないなでけそこない人間やろと思うのがうちなんや。おとん、おかん堪忍してや。兄弟全員にも詫びなあかん。父母と一つ屋根の下で生活したのは十九年間あったけど、うちや兄弟は誰一人、両親の悪口や陰口を聞いてへん。大したもんや。

実家の周囲は身内が多かったが、普通は、冗談を交えながら一つや二つ、親の噂話を聞くもんや。でも一回も聞いたことはあらへん。

母の実母は八歳の時に病死していて、三人の妹と共に義母に育ててもろうたそう。義母との血縁はあらへん。俗にいうママ母や。

昭和四十四年八月、明治の教育を受けて育った筋金入りのこの義祖母と、山口県内で会った時、うちの母の名前を言うてお手本にしたらええと教えてもらいましたな。後に手紙にも書いてくれましたな。

この話にはグリコのおまけもあって、明治の教育では、当時の女学生は将来母親になることを見越して、子供の手本、師範台になって、決して悪口陰口言われんよう、釘をさして教育してたんのや。それに比べると、今の心の教育レベルがあまりにもお粗末君や。義祖母から頂いた短い手紙に書いてましたな。

だから、うちの両親はもういてへんが、日々の行動に対して、育ててくれた親の顔を潰さんように気は付けてるで。それは成仏を図るためや。

今も心の中で、両親に似らん不出来者で堪忍してやってと思うとりますわ。

子育てしてはる人にはひとことと。子供叱るな、我を叱れという教訓があんねん。子供叱れるだけ、自分は偉いかな？　お手本かな？

子育てで腹立ったり悩んだりしたら、この子に自分は前世でおっきょい借金してんねん、迷惑かけてんねん、そないな考え方してみ。怒れへんで。

子供同伴で第三者の所に行く時、子供の様子から親が観《み》られてることを忘れたらあかん。挨拶《あいさつ》でけへんような中高生もいてんねん。はきはき喋れん子が増えましたな。心の教育を高めた方がええで。親は将来慕われるようになったらええのや。

子供を連れて正月やお盆に帰省してくれたら、実家の親は嬉しいもんや。が、ここに一つ気ぃつけなあかんところがあんねん。親から見て、孫はかわいいてならへんもんや。でもな、孫の育ち方を観察してんねん。確かに頭のええ子やったら嬉しいやろけど、むしろそないなことより躾の方が気になるもんや。

今日《きょうび》、頭のええ子が増えてきてると思うのねんけど、挨拶一つでけへん子供が増えてるように思えてならんで。

要は子供の振る舞いで、育て方を看破されてることに気づけへん親が増えてんねん。子供の躾に自信がもてるようにしてこそ、里帰りの価値あんのとちゃうやろか？

「私ら（夫婦）を見習いなさい」と言い切れる親は、子供には説教はしてへん。そんな大人になりたい。またその親の言動を冷静に観る子供が真に賢い子や。せめて挨拶、礼儀は教えときや。恥かくで。

余談やが、うちは配達を本業にしてまんねん。仕事柄、学校にも行きまんねん。教職員、事務員に配達物を渡して捺印もろうた時、どれほどの方が「おおきに」と言いますやろか？　八割方《がた》は何も言いませんで。教育って学問と体育の他に「智信義礼仁」という心の教育も含まれんのとちゃいまっか？　教育が狂育になってへんやろか？

俗に先生と呼ばれる聖職者の方々に伝えなあかんのは、私こそ聖職者だと自信の持てる人が世ん中に多出したら、もっと住みやすいんちゃいまっか？　子供の手本になってや。政治家の人にも言えんねんけど……。うちは文科大臣にこのことをモンク言いたいですわ。

気ぃ遣われる人間になんなや

この拙著の中で、三途の川の話を書いた時に、戒めるべき、ほかすべき心遣いの中に高慢があると書いてんねん。

世に言うお高い人や、こないな人に気ぃ遣うて、今風で言う、ストレスが貯《た》まんねん。お金が貯まると嬉しいんやけど。

お高い人の共通点は七面鳥（お天気屋）。つまりよう変わりまんな。金品使ていかなあかんかなって気遣うのは嫌《いや》や。疲れんで。

意見助言は鏡みたいなもんや。自分の姿を見んのに鏡のうて見れるかな？

昔は嫁入りの時、三面鏡を花嫁道具として、嫁ぎ先に持って行ったやろ。三方、三面から助言いただける、気を遣われへん人間になったら、最高の嫁さんになるでとの教訓や。ウ冠《かんむり》に女を書いてみなはれ。「安」やろ。嫁はんへの教訓やで。鏡のない家殆どあらしまへんで。

ただ親子には単刀直入で会話するなどもあんねんけど、オブラートで包んでのやわらかな言葉で喋ったら、受ける方は消化不良は起こさへんで。態度や話し方で気ぃ遣うてはんなと感じたら、「気ぃ遣わいでええで」って言葉添えてやり。言われた人は嬉しいで。話しやすい、助言や注意を受けられる人間になんのや。

年の上下、性別や学歴、地位、立場には一切関係のう、いつも誰にでもニコニコしときなはれ。低い心になんなはれ。水は低い所に集まんねん。水のうては生きられへんやろ。人も集まるで。山の水は下流に来るほどうまいやろ。石や岩に当たった分、うまいねん。馬鹿にされてもええから、助言貰たらええのや。そして、お世辞を使わない、相互に心からの真実で付き合えんのが一番や。お互い最後に、「おおきに」言うたらええのや。

親のことは知っておけ

親が亡《の》うなってから、両親がそれぞれどこで育ち、実家や親族関係がどないなってるのかを知んのは難しいもんや。

母親とうちとの一つ屋根の下での生活は通算十九年。やや児の時もあるよってに、会話した時間は短いもんや。

特に心がけとかなあかんのは、自分自身の体のことをよう聞いとくことや。うち自身、心臓疾患を指摘されたんが二十歳の時の健康診断。後日、母親に聞いたら半分死にかけた状態で出産したので、実家の目の前の内科の診療所に直行したと聞かされた。

幸いここまで生きられてるのは、この時に命拾いしたからかも。飲酒や喫煙は全てしてまへん。自分の体のことはくわしく聞いておくことや。

また、親のルーツについては必ず教わって書面に書き留めておくと、役に立つ日があんねん。親が亡《の》うなると、兄弟姉妹の付き合いも自然に減ってくんねん。

万事受け身の立場で

物事を頼まれる時、人間は言葉を使いまんな。皆さんもよう知ってはるように、言葉とは言霊《ことだま》ちゅう言い方しますな。また、葉を見て木を知るとも言いまんな。

言葉一つで、受ける人間は右にも左にも動きまんねん。そこへ感情が味付けされんねん。

こうしてあげたら、相手は嬉しいやろか？　それとも嫌《いや》やろか？　自分を受け身に置き換えてみて、それから言動をとるもよしやし、わからん時は、第三者の人に、どないしようかいなって相談するのもええ。

それぞれ受け取り方もいろいろあんねんけど、感謝感激する人もいるし、相手の心遣いを全く理解でけないほっこたれもいてんねん。

美しく、やさしく、あたたかく、万事受け身の方の心に寄り添える人間として、相手に接してたら、人間関係で泣かんかてええのやけど。

受け身の人間の反応は相手の人にもわかんねんから、自分自身の値打ちを看破されんようにしいや。やさしい相手様への気配りができる人こそ大人や、それがでけへん人間は子供と思うたら腹立てへんで。

病院の看護師さんの心遣いは、気配りを教えてくれはる先生のように思えまっせ。

人生に疲れた時

長い長い人生には、さまざまなことで喜びもあり、同時併行して苦しみがある。海に波ありてこそ、無数の生物が育まれてんねん。波無《の》うなったら、海水でも腐ってまうで。

うちが人生で今風で言う落ち込んだ時、仕事（配送）中、誰もいてへん所で、ハーモニカをふいてたことがおましたな。

下手の横好きやけど、一寸先の人生の展望が見えへん時、小学校の秋の学芸会で独奏した『浜辺の唄』と『ふるさと』をハーモニカで奏でたんや。すると涙を流しながら、わずかな時間なのに子供の頃を想い出して、気ぃついたら運転してんねん。

いくつになっても苦しく辛い時、童謡を歌うと自殺もせんで、展望ありと言ってくれはった、中学校の音楽の矢野先生の言葉が蘇ってきましたな。必ず勇気出んねん。

体は年齢《とし》とんねん。そやけど心は年齢とれへんで。夢、希望を自室の壁に貼り付けとくんや。

気張れるで。毎日見いや、童心回想は凹《へこ》みからの突破口かも？

自殺はしたらあかんで。来世必ず一生不幸や。

「辛い」は画数は七、「幸い」の画数は八。

辛いのすぐ傍《ねき》には辛いが一つ増えたら幸せあんねん。

焦る気持ちは、ようわかんねん。お茶でも一服頂いて、前後左右、四方八方を見て、考えたらええ。必ず開道ありと信じたいわ。

それと我流のうちの考え方やけど、桜の花って短命やね。桜の咲いている日数は短いが、桜の木は残ってる。
「人生、良い時って短いもんや」と考えてたら、そないに焦らんのとちゃうやろか？

献体　――終活の参考に

病気やケガをせず、医薬品の恩恵を受けずに、あの世に逝ける人はいてへんと思いまんねん。

無数の医学薬品から治療方法にいたるまで、全世界で実行されてる献体があってこそ、身体のこまごまとした構造から機能まで研究が進み、これからも日進月歩するんやろ。手術方法も改善され、体の負荷も減り、退院も早うなってまんな。

体は自分のもんやっちゅうて考えるのは当然やが、死んでもうて、魂から離されてみい。どないもこないもでけへんやろ。どのみちころんだかて、最後は火葬場に行って、灰と骨にされ、これがホンマの、はい（灰）それまでや。

　献体は電気抵抗のオームの法則ではないが、いささか抵抗ありまんな。裸体をさらけ出して、解剖されんねん。恥ずかしさも手伝うし、若い女性なら遺体の顔が紅くなるかも。研究のために解剖しはる先生のほうがもっと嫌でっせ。ひょっとしたら、解剖の場面を夢で見るかも知れへんで。あー、怖い。

　献体で医学に貢献するっちゅうことは、全世界の全く知らない人々への健康に寄与するという無限の価値があるねん。遺徳になりまんねん。

　昔、お付き合いいただいていた奈良県内在住の修験者で霊能者の先生は、自分もすると言いはりましたな。無限の貢献は天へのご恩奉じとなんねんから、来世は今の健康水準も含めて、良い状態でこの世に再び帰って来はりまっせ。

　ちなみに永年ではあらへんけど、献体を受けた病院では、納骨堂でご供養してくれはりますで。お寺はんはあらかじめ決めとかなあかんで。病院は納骨堂ではおまへんからご供養のでける状況にしといて、現世から拝んでもらいながら、北極星に早う行かなあかん。

これは今問題になってる終活に繫《つな》がりまっせ。

お墓みてくれへんと淋しいよってに、考え方変えて社会医学に貢献でけんねん。故人さんは遺徳つめまっせ。

無縁墓は淋しいで。

仕事で配達してて、野っ原に傾きかけたお墓見ますけど、淋しゅうなりまっせ、花もなく……。

観察されてることを心に

自分自身の言動って、百パーセント正しいと思い込んでいても、相手の人から泳がされてることに気が付けへん人がいてんねん。いわゆる「かま」をかけられてることがあるんや。

とかく用事が多い時は、つい自分の都合が先行すんのはあたり前田のクラッカー。でも、すぐに行動でけへんこともあんのや。

室内とか屋内にいてる時はメモをとりやすいねんけど、外にいてる時はメモでけへんこともあんねん。

急に用事思い出すこともあるから、車内にも必ず筆記具を用意しといて、諸般の事情が許す限り、まず相手様のことを先に行のうて、次に家族、そして自分のことをやんのや。すると、相手の人は、自分のことを先にしてくれてると思うて、誠実な人やと感じてくれんのとちゃうやろか？　絆が深うなるで。

ただ、誰しも自分自身が一番かわいいから、人様のことは二の次、三の次になりやすい。

相手様の人間性、日々のご恩に対して敏感な人は、ご恩奉じを心にしてはるから、必ず相手様のことが先行している誠の人や。誠のある人は行動が早いねん。相手の人が困ってる時、早う行動してくれたら嬉しいねんけど、たまに、あっ忘れとったちゅう人いてるやろ。立場変えて考えてみぃ。気ぃ悪いで、ホンマに。

逆に人様から用事を言われても、即行動なき人は、外見はいざ知らず、心は汚れてはる。付き合いに及ばずや。観察されてること自体にも全く気の付けへんほっこたれや。

恩奉じのでけてる人の心は鏡みたいや。身軽う動けてる人は、生涯付き合えんねん、金品もいらずに。

テレビ等で事件を報道する時、近所の住人がコメントする場面もあんねんけど、この評価はものすごう正解に近いもんや。

あの時こうしとったら良かったちゅうて、悔みごと言うんやったら、先に誠の心でやっとけ。誠の人間は、行動が伴のうてる。ほっこたれは自分のペースを崩さへん。あほんだらや。

ほいで、お互いにな、事後報告しといたり。安心するで。信用もでけるで。

参考までに言うときますけど、うちは仕事柄、郵便受け使いまんねん。新聞入ったままの家、郵便物貯《た》まったままの家、それでも洗濯は毎日している家、家族状況が全て読み取れまんねん。訪問者の評価忘れんといてや。

人様との接し方

こないな小さな惑星に七十余億の人が住んではる。そないな中、さまざまな人々と出会ってそれぞれの人生が作られますな。

果して人生八十年として、どれほどの数の人間と出会って、別れを経験すんのやろか？　親、兄弟姉妹、親族、隣近所、仕事関係者等、数えきれない出会いは、自分の力では決められていない魂との出会いがあんねん。

これはうちが年取ったよってに考えてんねんけど、反省を含めて、今まで出会った人も、今お付き合いしている方々もともに、前世からうちの魂は借金してたんやて考えるようにしてんねん。

するとな、心は低うなってお付き合いでけるよってに、人間関係でもめんかてええのとちゃうかな？　相手の人は自分より偉い人や、金持ちやと考えてたら、会話の方法も変わんのとちゃう？

そして、年齢や性別、外見等を一切考えずに、相手様を立てて会話してたらええのや。

血肉分けた家族だったかて同じやで。家族ちゅうても、心の中が日々冷静とは限らへんよってに。

そしてな、どないな人だったかて、またどこかで再会があるかも知れへんよってに、精一杯の誠を尽しときや。それが来世の幸福な出会いになんねん。

それと、相手の人の心に負荷が及ぶと思う会話に入る時はな、関西ではよう「気悪うせんといてや」と前置きの言葉入んねん。「言《ゆ》うてええやろか」とあったら心に負担少のう話聞ける人とちゃうやろか？

ありがとう、おおきに

昔の取引先の中で、新婚さんいらっしゃいの若い社員さん（男性）と連絡をとった時の話でしたな。

彼の携帯に電話すると、「ありがとうございます」と言ってから社名と本人の苗字を言わはったんですわ。

後日、仕事先で彼と会うた時、「ありがとう」と言われて気ぃを悪うする人いてへんでとの話。思いっ切りバットで頭を叩かれたように思いましたわ。彼は当時、まだ二十歳代。自分自身が情けないわ。

今も反省を忘れんように、携帯であれ固定電話であれ、「ありがとうございます」を先に言うてから、自分の名前を言うようにしてまんねん。習慣付けすんのも修行やな。それもどないな所にいたかて、すぐ心より出るようにしたいさかい。日々無意識で、誰にでも「おおきに」と言える人間になりたいんですわ。

仏教の盛んな東南アジアの光景では、人と会う度に手合わしてはる人を見ることありまんな。

考えてみたら、犬や猫が餌もろうて、飼い主に手合わせて、「おおきに」ちゅうてるかいな？　これはな、動物から人間への教訓や。うちらは人間や。おおきに、ありがとうを言えんのは人間だけの特権ちゃうやろか？　日々感謝心持ったる人は誰にでも「おおきに」は言えんねん。逆に「おおきに」「ありがとう」と言えへん人は、人間ではないと思うで。

相手様、それがたとえ家族だったかて、誰にでも素直に、心してありがとう、おおきにを言える人間になりや。そないな心の持ち主はな、心低うなんねん。前にも書いたけど、低き所に水も人も集まんねん。

おおきに、ありがとうを言える人は誠の心がある人や。誠って新選組の旗やけど、言うことと成すことが一つになることや。一緒になって誠になんねん。

いくら貧乏したかて、心の財産家になれるよう、毎日毎日努力して、人様の助言を着実に実行してたら、人生こける日もあんねんけど、日々の感謝心あったら、天も人もほったらかしせえへんで。

せめて、年に二回出す人はいてへんが、年賀状くらいのおつなぎはしときなはれ。これも感謝のひとつやで。

犬や猫がお互いに病気した時にやで、救急救命行為してまっか？　喋ってまっか？　手を差しのべて握手してまっか？　見たことあらしまへんで。

人間やから、でけんねんちゃう？　泣いたり笑うたりすんのが人間や。励まし合えるのが人間や。

生きてくための資格

昭和ちゅう時代に松村和子さんちゅう歌手がいてはった。帰ってこいよ♪

帰ってこいよ　帰ってこいよ♪　という歌をうたってはった。

歳月は戻《も》んて来ぃへんねん。あの時やっとったらよかったと、反省話を聞くことあんねんけども、世ん中の必要性の高いもんを、報道番組で情報を取んねん。ほいで早めに資格とっとくんや。

最低でも、自動二輪と普通免許の運転資格は、車輛の有無に関係のう、学生中には取っときや。

自営すんのやったら、商業簿記の二級くらいは取りやすいから、取っとくのや。これかて、普通科の高校生でも、今の情報化の時代では、やり方一つで取れんねん。

さあ、こっからや。目標を決めたら、それを達成するために必要な資格や受験する方法を調べて勉強することやで。

あえて言うとくけど、後悔せんよう早目に手を回しなはれや。資格は人生の足かせにならへんで。

国語と英語の文法と会話術、パソコンをはじめ、情報入手のための先端電子機器の取り扱い方法をマスターして、すぐに使えるようにしとくことや。こないな機器は、第一次産業、第二次産業でも使うてる。

幕末の吉田松陰は、生活の実践力を唱えていたが、生きていくために必要なもんは、社会人になるまでに必ず揃えとくこっちゃ。時流を読み、必要性の高まるもんを考えて、早めに資格とっときや。

メモする習慣

家に帰って買い込んだスーパーの買物を収納してて、買い忘れがようあんねん。特に調味料は途中で無《の》うなると、味が変になりまんな。

前にも書いたことあんねんけど、筆記具は必ず車載しといて、気付いた時にメモする。家にいてる時は、必要物をマグネットで冷蔵庫にメモ紙を貼りつけ、気付いた時に家族が書くようにしとくねん。買い忘れをして、夫婦ゲンカしながら家に戻ってくるのは嫌やで。

ちなみに営業マンの社用車やマイカーに、筆記具が車載されてたら、ホンマの営業マンであり、心の通え合える人と思ってたらええ。信用あるで。

この教訓は、うちがまだ高校の時やった。当時、実家は酒店をしてたんやが、卸屋の営業マンの車には、バインダーにメモを挟んでいましたな。後日、この営業マンのマイカーの助手席にもメモを置いてましたな。うちはアホやから、この営業マンの人に「メモいつも持ってんねんな?」と話したら、

「人間は忘れる生きもんや。その場で気ぃついたこと何でも書いとくんや。メモでける人、字のうまいへたは関係のう。字書ける者《もん》は正直者やで」

と教わり、彼の考えを教訓に今もうちは公私関係のう、メモの習慣してまっせ。

万事即応

あっては困んねんけど、事故にあう、急病になる、災害が起きる等、誰であれ、安心して就寝でける保証なんてあらへん。家族にも確かにプライバシーはいんねんけど、一緒に暮らしている場合、例えば権利書、借用書、預金通帳等は万一の時、すぐに出せるようにしときや。

プライベートの場所には、家族というたかて土足で入ったらあかんが、万一の時の対処はでけるようしとくことや。失《の》うなって泣くんは本人やさかい。

人のええところは取ったらええ

人それぞれ何かあった時の対処方法は十人十色や。誰にも長所もあるし、短所もあんねん。第三者の評価も参考にしながら、これええなあと思う言動や接し方、また技術等、よう観察して、自分のもんにしはったらええ。

技《わざ》は盗んで覚えろと言うけど、まさしくその通りや。この盗みなら警察のお世話にはならへん。

言いたいことは明日言え

これは、うちがあるおばちゃんから教わった戒めでんねん。とかく人間は算盤弾きながら勘定し、感情の動く生きもんや。その場の雰囲気も手伝うて、つい感情的になって、言わんでもええことまで言うてまうねん。

確かに言葉は消えんねんけど、言葉を受けたもんの心には残りまっせ。争いの源は、口火ちゅうように、全ては口（会話）から始まんねん。言葉発する前に、ほんの少し時間をおいたらええかも。

言う時は、一拍おいて言うたらええのや。感情で傷ついてもうたら、治すんのに、めちゃんこゼゼコも時間もかかりまっせ。

恩

お寺で鐘ついてみたらどないな音する？　「ゴーン」ちゅうやろ。「ご恩」とひっかけてるんやろうか？　ご先祖はんのご恩、家族のご恩、今日一日のご恩、色々ありまんな。そのご恩に感謝しいやって言うてはんのやろか？　特に大晦日の除夜の鐘は一年のご恩を再考させてくれてんのやろか？

この漢字を作った方に対し、心より敬意を表しまっせ。どないな人だったかて、自然の恩、神仏、ご先祖様への恩、家族、親族、知人、友人、近隣者の方々への恩、職場等の仕事を下さる方々への恩、この数々の恩をもろうて生きてんねん。

ご恩を感じるよってに、心の美しき人は、ご恩に報いんために、相対する人にでける限りのことをさしてもろてんねんけど、全くの無表情、つまり、「おおきに」の言葉のない人がぎょうさんいてんねん。

「恩」ちゅう字を見てみなはれ。大が口に囲まれて、心は潰されてるやろ。恩を忘れるとおっきょうなれへん。

恩を施す人は、相手さんからの見返りの言葉なんて、さらさら期待はしてはらへんが、それは欲になること知ったるさかい、そやから自分自身、恩知らずな人間と看破されんよう、気ぃつけや。

人はお互い、恩の果し合い、感謝のし合いで、つながったらええのや。

恩をもろうたままでいる人間は、言い訳、釈明が多いし、平均、お高い人が多くて、周囲への日々の心配りなんてでけへんで、おおよそ行動が大変に遅いように思えまっせ。

恩奉じには心身軽うなんねん、「おおきに」が最高の言葉や。

ふだん、当り前って思っている時、特に健康面ではそうだけど、不自由になった時、困った時等に恩のありがたさを感ずることありまんな。おおきにゃ。

それと、第三者の人から金品をいただいたら、家族全員に伝えときぃや。その第三者から、例えば電話あった時、お礼言い忘れたら、その家、つまり受け取った家の家族の結びつきが見えまっせ。

念押される人間になりなや

人間生きて一番大事なもんは信用や。ゼゼコは信用あったら付いて来てんねん。

人にもろもろの用事を頼んだ時、確認の返事をしてくれる人もいたら、鉄砲玉、つまり反応の返ってきぃへん人もいてる。

気になるさかい、頼んだことええやろか？　って確認することは決して悪うはないねんけど、でも大の大人が確認されるっちゅうことは、信用されてへん、疑問符人間と、マークされるかも知れへん。

ここまで気の回る人間やったら、受けた内容の確認や進捗状況は相手に返事しまっせ。

誤解、聞き洩らしも人間の世界ではぎょうさんあんねん。失礼にならへん程度のメモか書面を手渡しといて、お互いの人間関係を損なわんよう、特に受けた立場の人は、相手はんの信用も失わんよう心を配るこっちゃ。

これほど通信手段進んでんねん。釈明でけんで。念押されん人間になりや。

言い訳すんなや

人間誰だったかて、どんなにヘチャムクレだったかて、自分がかわいいに決まってるやん。

例えばやで、一つの用事頼むとするで。いつになったかて終了の報告もあらへんし、事の顛末《てんまつ》もわからへん。気になったるよってにこっちから電話すると、必ず言い訳しよんねん。ひどい時はな、他人の名前出して、さもホンマみたいに釈明しよんねん。

聞いててめちゃんこ腹立つねん。頼まれた人間が悪いのんを棚上げにしといて、ようそないなこと言いよんなあと。

最初から「堪忍や」とか「ごめん」とか「申し訳おへん」等の謝罪と同時にすぐに行動する、誠の心のある人間やったら、言い訳は絶対言わへんで。

慢心は命取り

うちの顔みたいに、一円玉みたいな潰しのきかへん、つまり両替もでけへんもんは、自分自身に全く自信あらへんよってに、万事控え目に、慎重になんねんけど、例えば山に登って事故におうたるやろ、遭難や。捜索しはる人も家族も災難とおっきょい出費や。命がけやで。

そうなんやで。自信あったかて、万一を考えられる人間はこないな危ない橋、渡らへん。自信に満ちることはええこっちゃけど、いっちょん間違うたら、落命と隣り合わせちゅうこと忘れたらあかへんで。

万事ほどほどやで。

自分が出したと思える数値、精一杯出さはったら、それを最高最善と考えてたらええのや。慢心は、地獄道を将来逝くようになんねん。

歴史にもあんねんけど、織田信長は自分自身の力量を過信したため、僅かな兵のみを連れて本能寺で倒れ、坂本龍馬はんも千葉北辰一刀流の腕を持ち、高杉晋作から貰うたピストルに自信持ってたけど、明治を見ずに落命してはりまんな。自戒せなあかん。お龍《りょう》はんの制止聞いてたらあないなことなかったのに……。

出会いが人生を決める

全く見ず知らずの者が夫婦になって、気ぃついたらやや児がでけてんねん。子供の立場からすると、両親との最初の出会い。さらに兄弟姉妹や、親族、隣り近所の人たちとの出会い。子は親を選べず、親もまた子を選べず。

成長するに伴い、入園、就学、やがては社会人との出会い。どないにコンピューターが進化したかて、出会いの予言は誰にもわからへん。

人との出会いだけじゃあらへん。先天性の病気で生を受ける出会いもあるし、天災や不慮の事故、火災、盗難等との出遭いもある。宝くじや馬券での当選という出合いもありまっしゃろ。すてきな異性との出会いもありまっしゃろ。

出会いが自分にとって幸、不幸いずれであったかて、それは木に例えたら、ひとつの節ちゅうて考えてみてはどないやろ。節のあらへん木は、おっきょうならへん。節から芽が出んねん。お芽出とうや。

出会いの機会を与えてくれはったら、まずは「おおきに」と思うことや。出会いは全て、神仏さんがうちを成長させてくれるんやと考えてたらええんや。こないな話あんねんと、もし声かけられたら、切んのはすぐでけんねん。お断りするより一回は食うてみなはれ。先入観はのけなはれ。

やってあかんかった時、出会いの場を断ったら、相手はんも神仏はんも立ててんねん。出会いをまちごうても自分から切りなや。運命切んのと同じやで。切ってもうて、縫いもんでけんようになって、糸つないだかて、針穴に糸通らへんと使われへんで。

そして、どないな状況になったかて、必ず「おおきに」と心より言いや。万事、自分から切ったらあかんで。自分から切ったら運命切れるで。

出会い、つまり新しい話を聞くのも一つのチャンスと考えてみんのも生き方の一つやで。お天とうはんのプレゼントと考えてええんちゃうやろか。

出会いって新たな人と会うのが一般的に思われんねんけど、例えばや、産婦人科に行ってやや児と初めてのご対面……大変嬉しい親子の出会いや。

でもな、暗いニュースもありますやん。親子の殺し合い、動物の世界ではあらへんことを人間がしてんねん。動物以下や。

昔、どこのお寺やったか覚えてへんけど、たまたま団体ツアーの中に入り込んで聞いた法話の中に、親子の魂って仇《かたき》って話ありましたんや。

法話の内容はともかく、今世出会うた人には今後の人生決まると思うて、せいだい誠尽しときなはれや。

ほいで、新しい話を聞いた時、伝えてくれはった人に、「誰なればこそ」ちゅう心で接しなはれ。感謝の言葉になりまっせ。低い心（姿勢）の表れや。

親の行く道、子の行く道

蟹の横歩きという言葉があるように、横に歩くんは横に、前に歩くんは前に歩きまんな。

つまり因縁のままの親子関係はでけてるということや。恋愛夫婦の子供はんは、出会い系を含めて恋愛になりやすいもんや。

結婚に至るまでの日々の通り方が、道徳に反せんもん同士やったら平凡な子を授かりまんねんけど、親が離婚や再婚をしてたら、子供や孫も同じような道行ってる場合が多いなあ。

「賢子《けんし》を観《み》る」という戒めあんねんけど、親の生き方を観て、取捨選択し、ええとこ取りして、晩年の親の面倒や、介護を喜んで実行してあげんのが、ホンマの賢い子や。

あないな親になりとうないと非難する暇あんのやったら、我が行く道やと危機感持って、最初から回避することや。

親が業種を問わず事業してはったら、後継ぐのんも親孝行やで。

これはエピソード、織田信長の言動について再三にわたって注意をしていた家臣の平手《ひらて》政秀《まさひで》という武将が、信長に対して「自分の父の悪口を語るなら、その父を越えてみなさい」と話をしたら、信長の言動が大きく変わったという歴史話がありまんな。

親を越えられたら本当の賢い子では？　これが子孫の繁栄につながんのとちゃいまっか？

この内容について付け加えがあんねん。

よう世間では、例えば親がガンやったらうちもガンになんのやろか？　ちゅう心配をする話おまんな。「いつか来た道やがて行く道」の行くは逝くにも関係ありまんねん。有名な話やが、織田信長の妹、お市の方は柴田勝家と共に北ノ庄城で落命して、その娘で長女、茶々、後の淀君は親と同じように大坂城で落命。共に同じようなことで逝ってまっせ。

両親が諸々の事情で離婚して片親で育てる親の話も聞きまんな。子供はんは気の毒や。子供はんには罪あらへんよってに、慎重に慎重に恋愛してや。

親は、子供よりも先にあの世に逝きまっせ。

相続について思うこと

日々の生活の糧にせなあかんよってに、有形の物に目がいってまうねんけど、ホンマは無形の物の方が価値があるように思えんねん。大切なもんは目に見えへん。有名な『星の王子さま』の作者の言葉や。うちの大好きな言葉。

無形の物は、金魚みたいにパクパクして食えるもんちゃうけど、例えば、故人が人を喜ばしたっちゅう種を蒔いてたとするで。いつか旬が来たら芽が出て、これがホンマのお芽出とうや。

すると、その無形の相続のおかげさまで、相続人それぞれが、あんじょうなってみいな。これがホンマの最良の宝の相続や。

最良の相続ちゅうんはな、故人はんの遺徳や。こないなもん、相続したかて誰も取れへんし、相続税もかからへんねん。

相続人はな、故人はんの遺志を大事にして報恩を忘れず、皆あんじょうするこっちゃで。

義理の家族こそ大事に

うちは昔は大家族で育ったんやが、長兄に嫁はんが隣町から嫁いで来てくれはりましたわ。

うちの兄弟は全員男やから、お姉ちゃんと言える人が来たよってに、めっちゃめっちゃ嬉しかったこと覚えてるで。小学一年の時やもん。

血を分けた身内って、名前を呼ぶ時は呼び捨てにするやん。亡《の》うなったうちの母親は、嫁に来てくれた義理の姉ちゃんを呼び捨てにして名前呼んでた。

子供心になんでこないな呼び方すんのやろって思い、ある日お母ちゃんに聞いたこと覚えてるで。

兄ちゃんはお母ちゃんが産んだるよってに、体のことや性格を知ってるけど、お嫁さんのことは全然知らへんで。そやから、お嫁さんを自分の娘と考えてな、正直になんでも話持ってって、大事にしてあげんねん。兄貴より先に嫁さんに話してましたな。

家族っちゅうたら、「さん」付けへんやろ。義理の人こそ大事にしたら、いつか自分の子供みたいになんねん。お母ちゃんも義理の母親に呼び捨てのまま育ててくれたるよってに、本当のお母さんと思とるんや。

後年、嫁と姑の問題には一切発展しない方法として付け加えてくれた話や。

母自身が義母を実母のように慕うて、手紙のやり取りをしていた時、正しく母娘関係のあるべき姿を見たようや。

駐車方法で人柄を観《み》る

今はディーゼル車とガソリン車が主体で走り回ってるけど、いつか消音タイプの車両がバタも含めて公道を走ったり、商店や会社等で駐停車する時代が来るやろな。

が、外にいてる人は、皆元気で若い人ばっかりとはちゃうで。ご年配の人、白杖を持ったる人、盲導犬と買物してる人、さまざまな人がいてんねん。

先日、配達で病院の郵便受けの所に行こうと、その病院の敷地内に入ったと同時に、ガラスに黒いフィルム貼り付けた乗用車が突然バックや。運転手の年寄りを下車させ注意したが、およそこないな人間の性格って、相手さんへのこまごまとした気遣いのでける人はいてへんで。自己中心を公に発表してんのと同じやで。車はナンバー付いたるよってにわかんねん。

こないなことしてまで、自分の性格を公表したいとは思わへんで。几帳面で思い遣りのある人は、後部を車止めにして駐車でけるで。

これはうちの考え方や。車両は肉体、運転手を魂と考えてまんねん。車両は運転手の意（心）のままに動くねん。

夜走ってて交差点で信号待ちする時、ヘッドライトをスモールにすると対向車は安心やし、歩行者も安心やな。雨の夜もありまっせ。

頭から目的地に突っ込んで駐車して、用事がすんでバックで出る姿見て、性格が看破されてんねん。特にコンビニで……。気配りあり、用心あり、諸々のことを考える人はこないな運転方法はせんで。

円満

誰が日本の通貨を円に表記するようにしたんやろ？

人間の体見てみい。目、口、耳の穴、鼻の穴、さらに体内の血管や臓器も丸いやろ。円を「まる」と読むことありまんな。京都に円山と書いて「まるやま」ちゅう所ありまっしゃろ。ここや。たくさんの円が集まって満ちてみなはれ。円満や。ゼゼコ、つまり円が貯まって円満や。会話方法も人間関係も、あんじょう行って円満や。角突き合わしたらあかんで。

正月に飾る門松。松は男、竹は女、梅は子供、それを稲藁（食事の意味）で円《まる》く結束してるのが円満の意味だと子供の時、近所の古老から教わりましたな。

因果応報

こないな言葉書いたら、気分的に暗《くろ》うなんねんけど、これはええことにも悪いことにも両方使えんねん。

例えば、家族はじめ、日々周囲に無欲で喜びの種蒔いててみ。種は正直よってに、いつか嬉しい話がひょっこりひょうたん島で舞い込んで来るかも知れへん。

もちろん、この逆もあんねん。有名な歴史の話の中で、建武の新政があんねん。今さら日本史の説明はせんかてええねんけど、鎌倉幕府の北条執権を倒して後、後醍醐天皇と足利尊氏はんは天皇中心の新政を企画しはったが、失敗に終わって、足利尊氏はんは何を考えたか。高貴なお立場の後醍醐天皇を島根は隠岐へ排斥しはりましたな。お気の毒ですな。

それから二百二十年余り経って、足利幕府十五代目、義昭はんは信長はんの言動に不服を申し立てて、今度は尊氏はんの子孫が広島県福山市の毛利氏を頼って、僅かな供を連れて備後の鞆に行き足利幕府は潰れましたな。そして六十一歳でその地で亡《の》うなりましたな。

これも因果応報や。尊氏はんはこの姿を見てどないに思うやろ。足利氏は十一代将軍の子孫が今もいてはるが、日本史には出て来まへん。

今、どれほど幸福な地位、身分、健康、財産や将来性があったかて、誰にも末代まで安泰の保証はあらへん。

ニュース見たら、放火魔や強盗、性犯罪、殺人等、未解決事件が多いけど、「天目盲《てんもく》にあらず」の戒めあり。魂は不滅だから、必ず利子を付けて、そのような者や家族、親族にしっぺ返しの道があることを教えてくれてんねん。

ニュース見なはれ聞きなはれ。諸々の詐欺で金融機関に入金させてみたり、盗んでみたり、屁《へ》かまして（ウソをついて）現金チョロまかしてみたり……。
また、うまいこと言うて信用させといて後で内容を引っ繰り返してみたり、うちは何回これでこてんぱんにされたやろ。

前世でこんだけの人々に嫌な思いさせてたんやと考え方を切り替えて、借金返したんやと前向きに生きるようにしてまんねん。自分自身を納得させるために一切の感情を持たんと「天目盲にあらず」と心の中で叫んでまんねん。いつか必ず答え出るで……。

恩被りて道開かず

どないな人間だったかて、いろいろなご恩をいただかずに生きてはいかれへんと思いまっせ。ご先祖はん、自然（神様）のご恩、家族、親族、ご近所、職場等々数えきれませんな。

ご恩に敏感な人は、行動力もあるし、行動が早うて、いつもおおきにが言えてんねんけど、ご恩に鈍感な人は、まず「つなぎ」がでけへん。いつもありがとうも言えず、自分のことしか考えてへん。人間性がすぐわかるで。

離職して毎日自宅でドンドロハン（雷）の人いてる。ゴロゴロしてる。今まで生きていたんやからゴロゴロする暇あったら、自分の経験や技能、技術等を生かして社会にご恩返しなはれ。自分のためにもなるし、地域社会や子孫のためにもなんねん。

病気やケガ等、諸々の事情で生活を助けてもらわんならん日もありまんな。その諸々の助けを当然のように受けたらあかんで。早う返せるようにせんかったら、恩で押し潰れてまうで。

人生《じんせい》は尽誠

うちは毎日バタに乗って配達の仕事してまんねん。誰にでもでける単純な仕事や。でも今風で言う情報を届けんねんという自負心は持ってるで。

毎日走りながら、いろいろな光景を見たり、またニュースを見たりするなかで、今日一日の自分の言動が、太宰治氏の本の題やないけど、「人間失格」になってへんかったやろか、と思うねん。

長寿番組だった『8時だョ！全員集合』で有名なドリフの亡きいかりや長介さんは、帰宅しはってからビデオをいつも観て反省してはった、というのを後年ご長男さんがテレビで言うてはりましたな。

人間は他の動物とちゃうのや。ありがとう、おおきに、が言えんねん。支え合えんねん、泣くことも笑うこともでけんねん。人様の痛み、苦しみに心を寄せて助け合えんねん。犬や猫に餌やって、おおきにって言いまっかいな？

うちも仕事柄、いろんな人に物を渡しまっせ。でも十人いてて、おおきにって言う人ほとんどお目にかかりませんで。「おおきに」言える人いてたら、ギネスに申請したいですな。感謝して、相手様に心を結んで報恩でけんのが人間ちゃうの？　うちは心の貧乏人にだけにはなりとうない。

うち、思うんは、世の中の進み方はアレグロを通り越してるが、もっとテンポはアンダンテでいいから、医学の進歩と心の教養を高める以外は進まんかてええんとちゃうかな。旅行してて、車窓の景色って、ゆっくり走ってこそよく見えて、旅行気分が味わえんのとちゃうかな？

これほど物に恵まれ、何が要《い》んのん？　人間の欲も高慢も限度越えてもうたら、今の社会現象を見てわかるように、世ん中おかしゅうなのとちゃうやろか？

欲ってキリがあらしまへんで。

自然を壊さんといてほしいねん。夜は体を休めるためにあんねん。夜無《の》うなったら万物の生成はあらへん。

動植物見なはれ。自然の摂理に任せたまま生きてるで。考えてみたらこういう面では人間が動物以下になっててんねん。変えなんだら変わらしまへんで。

ええ年こいてこないなこと書いたら笑われんけど、この地上から軍隊も裁判所もいらない、皆が手を取り合うて、人間ゆえにでける笑い合い、支え合い、励まし合える、そないな社会がでけたらホンマにええなって思うねん。宗派やお国柄を越えて、文化であれ、芸術であれ、スポーツであれ、あらゆる面でお互いに切磋琢磨して、手を取り合い励まし合う、そないな社会がでけたらええ。

みんな年取んねんで。忘れなや。こんだけ世ん中、物ぎょうさんあって便利になって、これ以上何が要《い》んの？

ただうちがあの世に逝ってる時思うたんは、有形の物には執着が無《の》うなりましたな。なんでか？　だってあの世に何も持って行かれへんねん。

裸で生まれてくんねん。お金の札束握って生まれへんし、ゼゼコ握ってあの世に逝っても使われへん。

ホンマの財産は、人生《じんせい》、尽誠《じんせい》に徹して「徳」をせいだい積んどくことや。

「人生尽誠」については、実はな、うちが昭和四十七年頃やったかな？　正確には覚えてないねんけど、社員旅行で北陸の永平寺に行きましてん。曹洞宗大本山道元様開山のお寺はんや。ここに行かはった方、参詣された方はご存じの有名な「すりこぎ」がありまんな。

「身をけずり人に尽くさんすりこぎの　その味知れる人ぞ尊し」

初めて知った含蓄のある言葉。この言葉を通して相互の誠心をわかり合える関係の大切さと自分流の解釈を基にして、「人生尽誠」といううちなりの造語をこさえたんですわ。ほいで、今も書道の達人に書いてもろて、事務所に貼り付けてまんねん。

死ぬ準備

人の命は儚《はかな》いものや。うちの実兄は朝目がさめて、寝床でタバコを吸ってたらしい。灰皿に吸殻をおくや、すぐ亡《の》うなった。二十八歳だったと思う。二人の男の児を残して。本人はその時、死ぬなんて考えてもなかったんとちゃうやろか？死因は急性心臓マヒだったそうな。葬儀から帰って数日してから同じ職場の方に招待されて、家に招待されたことがあった、そこでの話。

考えてみたら、いつ人は死を迎えてもおかしゅうはないもんや。だって心臓は自分の力で動かしてはないもん。朝行ってきますちゅうて出掛けていったら、ただいまは棺桶の中……。最近こないな話ぎょうさんありますな。一秒先のことは誰にもわからへんもん。いくらコンピューターの時代になったかて……。

学校、仕事、会社、友人知人、家族のことなど、どないなことでも残された者がわかるようにしとくことや。最近では相続のことで、弁護士や公証人を頼む人までいてるやろ。死人に口はないよってに、いつもオープンにしとくことや。

天正十一年四月、織田信長に滅ぼされたけど、浅井長政・お市夫婦は、自分らの葬儀を生前からやってのけていたという話がありますわ。

ここまではせんかてええけど、自分の死後、残された者から、もめごとの起きんように手を先に打ってたのには頭がさがる。

そこまでの用心は予めしててもええのかも知れん、そんな話を考えてもうた。

あの死にざまはなんや、なんて言われんようしとかな。たとえ独りもんでも親族がいてんのやから恥かきまっせ。

これは余談やが、葬儀の時、困んのがピ、ー、ス、はせんかてええけど、遺影写真や。予め用意しとくと遺族は助かりまっせ。

霊話

今や世の中はフリーセックスの時代らしい。清純素朴な男の子や女の子は、少のうなったと聞きまんな。メルヘンの世界あってもええが。

年寄りに言わせると、十人中七人は、女の子の方が悪うなったちゅうことですわ。ウソかほんまか知らへんけども、女の子の九割までが、異性との関係持ってるちゅうからびっくりや。なかには子供をおろした人もぎょうさんいてるらしいで。

産婦人科の先生の話では、ここ一、二年の間に結婚なんて考えてへんで、やや児がでけてあたふたしよる子が増えよるでとのこと。おろした子はどないなってんの？　するとゴミ扱うみたいに捨ててるでとの話。こわいわ、ほんまに。

水子の霊ちゅうて、祀るくらいの反省ある子もいれば、何もせん子もいてる。

うちはその昔、霊界までこんにちはをしてきて、「帰って来たヨッパライ」の歌やないけど、地上に帰って来たが、霊界から下界はほんまによう見える。霊の動きはマッハよりも速いわ。

水子にも魂はあるよってに、でもそんな反省もせんでフリーセックスに走る者には、霊が必ず天誅下してくれると思うわ。

命でっせ、忘れなや。子供は性の快楽の産物ちゃいまっせ。宝物や、神様・仏様からの預かりもんや。

掃除

今日《きょうび》、掃除してくれる会社がぎょうさんでけたよってに、公務員に限らず、事務所や作業場、工場等の社員が雑巾持って掃除する風景はあまり見んようになったな。

明治に教育受けはったおばちゃんから、昔、こないな話教えてもろたで。朝早う学校に行って、なんで掃除するかわかるかって尋ねられたことあんねん。放課後に掃除してんのに、なんで次の日の朝に掃除せなあかんのやろ。

ここや。昨日より今日はよりきれいな心で授業受けやっていう教育から始まってると教わったんや。きれいな心に新しいもんが入んねん。

今、この明治の教育知ってはる先生、どれほどいてはるやろか？

ある公共の施設に入った時、こないな川柳が出入口に貼ってたで。

「公民館　来た時よりも　美しく」

ものすごう含蓄のある言葉やな。掃除って外見の美しさを求めるだけやのうて、心を磨くっちゅうところに着目するのは、今の時代の教育の忘れ物を教えてますな。文科大臣知ってまっか？

新築の家でも畳叩けば埃が出ると言いまんな。人動けば埃が立ちまんねん。床の雑巾がけは四《よ》つん這《ば》いになって掃除したやろ。頭低うせな、掃除でけへんねん。

高慢心ほかして、我が心磨きや、ちゅうことを教えてくれてんねん。

これは余談やが、行政の長たる総理大臣が御《おん》自ら掃除大臣しはったら、天下万民への施策がわかんのとちゃうやろか？

大臣、気ぃ悪うせんといてや。堪忍やで。

参考までやが、公民館に限らず、人様の家に行っても、仕事先に行っても、自分の出したゴミは持ち帰るくらいの人としての気配りの大切さを教えてくれてんのとちゃうやろか？　ゴミンね。

遭難

人間生きてたら、楽しみの一つや二つはなかったらあかん。魂は生まれ変わることを忘れんといてほしいねん。

夏は海開き、山開きちゅうて、神事してから海水浴したり、山に登らはりまんな。

山に鳥居を設営してる所は、霊場と考えなあかんで。汚れたかてええ格好で登らはんねんけど、ホンマは、禊《みそぎ》をして、つまり心身を清めて行くもんや。山であれ海であれ、ご神体としてはんねん。ご神体の中に入らせてもらうんやから。

遭難したら、捜索してくれる人もいてんねんけど、皆それぞれ用事で多忙なところを探してくれるちゅうことは、遭難者の人にすると、助けてもらうちゅう恩を受け、不幸にも万一のことがあれば、この世に借金してあの世に逝ってんねんから、来世がしんどい目に遭いまっせ。

歌にもあるが、山の神、海の神……、自然って神様を考えへんとえらい目に遭いまっせ。

いっときの感情でことを進めず

人間は感情の生きもんやちゅう言い方しまんな。

生きてて、これめっちゃしんどいんやけど、腹立って思わず言わんかてええ言葉を言うてみて、後で柴田《しばた》（しまった）勝家《かついえ》になんねん。

同情はでけんねんけど、「ちょっと待て、そのひとことが命取り」という戒めもあんねんから、言いたいことは、明日言えるような、器量の大きい人間になりや。よう考えてから、早う行動しいや。

言葉は消えて無《の》うなったかて、聞いてた人間の心にはずっと残んねん。水掛け論にもなりかねへんよってにどないな言動であったかて一拍置いて行動しいや。

盃に勢いよう水入れてみなはれ。外に水こぼれるやろ。プールに勢いよう水入れてみなはれ。水は外には出えへんで。

腹立てなや。

すぐに言い返す人はな、自分の器がこまいねん。じきに怒るっちゅうことは、相手の人に自分の器のこまいのんを教えるようなもんや。気ぃつけや。

魂は末代やで

　昨今の報道見てて、まるで蚊を殺すように人を平気で殺す人いてるやろ。なかには我が子を、ましてや生まれたてのやや児まで手にかけて。

　人生って人間関係の接触で作られんねんから、相手はん全てが都合のええ人とは限らへんやん。

　悪い人と出会うて、屁《へ》をかまされたり、金品盗られたり、刑事問題になるようなこともあるやん。

　腹立つことが世ん中ぎょうさんあるし、人を殺したろかって思うようなこともあるやん。

でもな、相手の人生もあるし、家族もあろうし、自分の人生もあんねん。

仮にやで、世間が自分に味方してくれても、絶対に人を殺したり、相手の人生を狂わせるようなことしたらあかんで。

因果応報や。時期来たら相手の人も亡《の》うなるし、自分自身も亡うなるんや。

ほいで生まれ変わって、来世に五体満足で生まれ変わってこれるやろか？

堪忍も人生。いつの日にか天が裁く、つまり「天目《てんもく》盲にあらず」でいてや。

人泣かしなや。自分自身の堪忍で、和がでけたら必ず良うなんねん。

魂は末代や。身体は寿命あんねんけど、魂に寿命はあらへんで。忘れなや。

最後に

こないな拙著に貴重な時間を割《さ》いてもろうて、ごらんいただきホンマにおおきに。

人生にはやり直しはでけへんといいますよってに、今から再起や。万一叶うんやったら、学生さんにこの拙著見てほしいんや。変えねば変わりまへん。

自分自身の夢と希望ちゅう目標をまず決めてから、健康と安全に気配りして、親、友人等の助言を貰うて、もろもろの日々変わる情報を入手し、極力ミスの少ない人生を進んでほしいんですわ。ほいで、相互の協力と信頼、大事にしぃや。

あえて言いまっせ。こないなホッコタレになりなや。たのむで。

うちの心の基本にしてるのは、大人の童話として有名な、サン・テグチュペリ著作の『星の王子さま』や。目に見えへんものに大切なもんもありまんねん。その中には誠の心もありまんねん。その誠の心を自分自身が写せるような心にせなあかん。

数字にも形にも一切捉われんと、有形の物《もん》に心奪われず清心を常に忘れず、童心を持っていたら、心で相手が全て読み取れるって言うてはる。美しき心あらば、美しく見ようと努力して生きてゆく。真の大人は、童心を持ってはる。

うちは、めちゃむずかしい達成不可能な目標を立てて、これからの余命を生きたいんですわ。

家庭で、また学校の道徳の授業で大人の童話本を使うてみんのも、皆が仲良うくらす一つの方法かな。文科大臣どないでっしゃろ？


誰だったかて、自分の運命を良うしたいと希求しはんのや。昨日より今日、今日より明日、ほんの数ミリでもええよってに、良き方向に前進でけてると感じるような生き方をすることとちゃうやろか？

肉体は寿命が来たら無《の》うなるが、魂は寿命があらへんよってに今までの人生の歩み方（心の使い方）で、来世が決まってくんねん。

一日一善ちゅう言葉もありまんな。そないな種蒔いてたらええのや。自分の魂にも、家族や周囲の人にも喜びの輪拡げてみぃ。お天とうはんは、美味《おい》しい褒美くださりまっせ。

毎日使う言葉の中にな、「おおきに」とか「ありがとう」を自然に入れてみなはれ。聞いてる人間も、そばにいてる人間も嬉しいちゃうやろか？　会話に必ず使えてこそが、人間ちゃうやろか？

時々反省しまんねん。夜布団に入る時、どれだけ「おおきに」言えたんやろ。堪忍してな。気ぃつけるよってに。ほいで翌朝、目が開くことを祈って……。

昔、古老からこないな話を教わりました。縁あって袖すり合うようになって、人とのつながりがでけんねん。特に相続の時に、ようトラブル起こしたる話もあんねんけど、親子兄弟は、魂は敵《かたき》同士と考えてたらええのやとのこと。どこのお寺の法話やったか忘れたけど、数ヶ所のお寺で聞いてまんねん。

国内どこにいたかて流布されてる話の中に、こないな話聞いたことおまへんか？

ウソついてたら、地獄の門にエンマ（こおろぎではおまへん）様が立ってて舌抜かれるで、という話。

いかにあの世でウソを戒めてるか、ちゅうことや。

でもこないな話があるちゅうことは、うちみたいに、あの世に一回行かはって、うまいことこの世に帰還された人の体験話とちゃうやろか？

三途の川の戒めの三つ目の話でっせ。

ほいで今付き合うたる全ての人々（家族を含めるけど）に来世再会すんねんと思うて生活することや。誠尽していたら来世楽しみでっせ。

あと、どれほどの命あんのかわからへんけど、うちの夢……それはゴミ箱人間になることや。幸い、うちは不細工やさかい、ゴミみたいなもんや。でも、どない立派な家でも、社長様の邸宅でも、必ずゴミ箱はあんねん。

ふだんは目ざわりや、片隅に追いやられて、でも必要な時だけ使うてもらえんねん。殆どの人は一日一回は使うてんのとちゃうやろか？

これでうちは人生終わりたいんですねん。よろしゅうお願いします……。

合掌

著者プロフィール

柳生　泡舟（やぎゅう　ほうしゅう）

昭和26年生まれ
香川県出身
香川県立観音寺商業高等学校（現・観音寺中央高等学校）卒業
福岡県在住

遺言書

2015年3月15日　初版第1刷発行

著　者　柳生 泡舟
発行者　瓜谷 綱延
発行所　株式会社文芸社
〒160-0022　東京都新宿区新宿1－10－1
電話　03-5369-3060（編集）
03-5369-2299（販売）

印刷所　広研印刷株式会社

©Hoshu Yagyu 2015 Printed in Japan
乱丁本・落丁本はお手数ですが小社販売部宛にお送りください。
送料小社負担にてお取り替えいたします。
ISBN978-4-286-16057-3